별을 삽질하다

허문영 시집

별을 삽질하다

달아실 시선
19

달아실

일러두기
본문에서 하단의 〉는 '단락 공백 기호'로 다음 쪽에서 한 연이 새로
시작한다는 표시이다.

정년퇴직이 되었다.

이제야 전업 시인으로 갈 수 있을까?

시를 쓸 수 있는 곳을 마련해야겠다.

가상 공간이라도 좋겠다.

그곳에서 숨이 멎을 때까지 시를 써야겠다.

그네나 사다리 같은 시를 쓰면 좋겠다.

사람들이 타고, 또 오르면서

아! 이 느낌 좋아!

그게 바로 나의 시가 되어야겠다.

2019년 가을

약선재藥善齋에서

허문영

차례

별을 삽질하다

1부

별을 삽질하다

오대산 북대 미륵암에 가면 덕행 스님이 계시는데, 매일 밤 별이 쏟아져 내려 절 마당에 수북하다고 하시네.

뜨거운 별이면 질화로에 부삽으로 퍼 담아 찻물 끓이는 군불로 지피시거나, 곰팡이 핀 듯 보드라운 별이면 각삽으로 퍼서 두엄처럼 쌓아두었다가 묵은 밭에다 뿌려도 좋고, 잔별이 너무 많이 깔렸으면 바가지가 큰 오삽으로 가마니에 퍼 담아 헛간에 날라두었다가 조금씩 나눠주시라고 하니, 스님이 눈을 크게 뜨시고 나를 한참 쳐다보시네.

혜성같이 울퉁불퉁한 별은 막삽으로 퍼서 무너진 담장 옆에 모아두었다가 봄이 오면 해우소 돌담으로 쌓아도 좋고, 작은 별똥별 하나 화단 옆에 떨어져 있으면 꽃삽으로 주워다가 새벽 예불할 때 등불처럼 걸어두시면 마음까지 환해진다고, 은하수가 폭설로 쏟아져 내려 온 산에 흰 눈처럼 쌓여 있으면 눈삽으로 쓸어 모아 신도들 기도 길을 내주시자 하니,

하늘엔 별도 많지만 속세엔 삽도 많다 하시네.

생명의 길

그대 안에는 많은 길이 있습니다. 나는 나지막하고 구부러진 길을 좋아합니다. 그대 안에는 흙길도 있지만 돌길도 있습니다. 나는 쉽게 가는 길은 택하지 않을 겁니다. 오르막이나 내리막이 있는 험한 길을 택하겠습니다. 그래야만 그대에게로 가는 길이 귀하게 느껴질 테니까요. 힘들수록 지칠수록 그대와 가까워짐을 느낄 겁니다. 먼 길을 와서 그대를 만난 것처럼 쉽게 되돌아올 길은 가지 않겠습니다. 그대가 없었다면 나는 아무 길이나 떠도는 노숙자로 전락했을지도 모르겠습니다. 그대에게로 가면서 그냥 가지만은 않겠습니다. 남의 것은 빼앗지 않고 돈도 벌겠습니다. 한 여자를 사랑하고 아이를 낳겠습니다. 그녀와 낳은 아이도 당신에게로 가겠지만 그대의 말과 글, 노래를 가르칠 것입니다. 그대 안에 길이 사라졌다면 새 길을 찾겠습니다. 방랑자라도 좋지만 그대라는 사원을 향해 가는 내가 너무나 자랑스럽습니다. 다른 사람들이 갈 수 있도록 길을 다듬기도 하겠습니다. 내 뒤에서 길을 걷는 사람도 있을 것이기 때문입니다. 아무리 가기 어려운 길이라도 꼭 가야 할 길이 있다고 이르겠습니다. 바람의 길이 정해져 있지 않은 것처럼 나의 길도 정해져 있지는 않을 겁니다. 언젠가 다다를 마지막 장면에서 반갑게 그대를 껴안고 싶습니다.

불꽃놀이

가이아 여신이 마고할미에게 물었네. 지구는 언제 사라질 것인가? 마고할미는 말했네. 이미 사라졌다고……

검은 비닐들이 바람에 날려 나뭇가지에 연처럼 걸려 있네. 검은 새들은 하나둘 날아와 노래를 하네. 새들은 검은 비닐봉지가 동족인 줄 알았나보네. 세상은 설레어라. 세상은 아름다워라. 검은 비닐 속에 무엇이 들어있는지 아무도 알려고 하지 않고 사람들은 공원을 지나치네. 알 수 없는 불안이 들어 있는 검은 비닐들이 새처럼 강으로 날아가네.

잠에 들던 허드슨 강이 벌떡 일어나네. 강가의 수선화들이 놀라 꽃봉오리가 떨어지네. 불면의 닻이 내려진 바지선 위에서 허공으로 쏘아대는 불꽃이 밤을 유린하네. 환락에 젖은 강 건너 마천루 빌딩들은 술 취한 어깨를 서로 흔들며 술잔을 기울이고 있네. 거리엔 응급차들이 땡벌처럼 쏘다니네.

불꽃들이 허공에 터질 때마다 불꽃 크기만큼 입을 벌리고 오! 오! 찬양하네. 폭음이 터지고 화약 냄새는 전쟁의 화염처럼 하늘을 뒤덮네. 도시의 굴뚝에서 죽음의 재들이 퍼져 나오고 절망이 분골로 수습되네. 사람들은 꾸물꾸물한 날씨에도 불꽃의 살육 현장에 모여들었네. 봄은 속삭일 사이도 없이 가고 여름이 왔네.

먹구름을 배경으로 불꽃은 선명하게 타올라 터지고 있네. 전쟁터에만 불꽃의 살기가 있으랴. 전쟁터에만 화염의 상처가 있으랴. 꽃사과들도 놀라 피던 꽃을 움츠리네. 땅속의 뿌리는 도망갈 곳이 없네.

두 차례나 전쟁터에 다녀온 케빈 로어즈는 외상 후 스트레스를 앓고 있네. 지난해 독립 기념일 무렵에 "불꽃놀이를 할 때는 예의를 지켜주세요"라는 표지판을 집 앞에 세웠네. 불꽃을 터뜨릴 때 잊고 싶은 전장을 다시 떠올리게 하기 때문이네. 그는 이곳에서 자신의 묘비명처럼 살고 있다네.

전쟁을 벗어나 살던 사람들도 자신도 모르게 삶의 터전을 불꽃놀이처럼 가장한 채 전쟁터로 몰아넣고 있네. 어제는 흑인 저격수가 백인 경찰을 네 명이나 쏘아 죽였네. 지금보다 더 무서울 내일에는 빠

알간 배롱나무 꽃들도 총소리에 놀라 몸서리를 칠 것이네. 센트럴파크를 산책하던 젊은이가 판도라의 나무상자를 무심코 밟고 발목을 잃어버렸네.

넝쿨장미가 가시철조망처럼 둘러쳐진 정원을 가진 사람들은 거실에서 불꽃놀이를 생생하게 시청하며 군악대가 부르는 국가를 따라 부르네. 울타리 옆에 핀 자귀나무도 붉은 조명탄을 자꾸만 터트리네. 자귀나무 숲에서 자꾸만 살타는 냄새가 나네.

지난날은 작은 통나무집처럼 초라했어도 어둠 속 잠자리는 포근했었네. 지난날은 생인손처럼 아팠지만 그대가 어루만져주는 상처는 오히려 따듯했었네.

사람들은 잊을 만하면 욕망의 불꽃놀이로 하늘을 놀라게 하네. 불꽃과 뒤엉켜 머나먼 하늘은 고통스런 몸짓으로 밤의 장막을 찢고 도시 속으로 내려앉네.

마천루가 보이는 밤의 도시를 배경으로 들불처럼 번지는 프로메테우스의 불을 사람들은 환호하고 있네. 아무리 조심하더라도 저 불꽃의 그림자가 바벨탑 같은 빌딩을 또 다시 무너뜨릴 수 있다는 것을 강물은 알고 있네.

불꽃놀이는 순간의 기쁨을 주고 연기처럼 사라지는 욕망이네. 불꽃놀이는 유령에 불과하네. 저 짧은 시간에 저토록 화려함을 가장한 불꽃놀이이야 말로 인간의 마음속에 타오르는 욕정의 불꽃이네.

불꽃이 터지면 유황처럼 살이 타는 냄새가 풍겨 세상이 천국 같은 지옥처럼 변하기도 하는 것이네. 대서양과 만나는 강가의 목책에 앉아 쉬고 있던 갈매기들도 갈 곳을 잃는 것이네.

불꽃의 의미를 잊은 사람들에게는 허무하게 사라지는 놀이가 될 뿐이네. 불꽃놀이가 끝이 날 때면 사람들은 다시는 해보지 못할 마지막 불장난처럼 무척이나 아쉬워하네.

은하수 별들이 놀라던 밤, 밤하늘의 평화를 찢어 놓는 불꽃의 환호성에 도취되어 사람들은 핫도그를 구워먹고, 위스키를 마시고, 사치스런 차들을 나누어 타고 삶의 지옥으로 뿔뿔이 흩어졌네.

불꽃놀이는 신의 비위를 거스르는 모독의 꽃다발이네. 하늘에 들이대고 쏘는 불꽃놀이보다는 하늘을 향해 두 손 모아 올리는 풍등이나 강물 위에 띄우는 유등이 그리운 허드슨 강이네.

황무지에는 환락의 불꽃놀이가 벌어지고 있네. 세상에는 죽음의 불꽃 잔치가 연신 벌어지고 있네. 독가스까지 뿜어대네. 사람들은 무엇을 위해 도시를 세웠고 어디로 돌아가야 하는지를 잃어버렸네.

어린 왕자가 아기장수에게 물었네. 인간은 왜 불꽃놀이를 좋아하지? 아기장수가 답했네. 사람은 본디 꽃보다 총을 사랑한다네.

미싱

　까만 칠을 한, 목이 좀 긴, 꼬부랑글씨가 써져 있는, 정체를 알 수 없는 외계 동물의 머리와 몸통이 네 개의 무쇠발로 서 있는 물건. 몸체 아래 구름판을 구르면 옆구리에 붙어 있는 바퀴가 피댓줄로 돌아가고 등 위에 실패에서 오색실이 풀려나와 노루발이 눌러주면서 박음질이 연주된다. 아버지 어머니 사이 같은 바늘과 실이 포플린 옷감 위에서 행진을 하며 우리 가족을 바느질한다. 조각났던 꿈이 모자이크처럼 꿰매지고 색동 치마저고리가 무지개처럼 뜬다. 가끔 발틀 밑으로 기어들어가 토끼처럼 놀기도 했다. 어머니는 버선발로 굴러서 식솔들의 미래를 누비질하는 것이었다. 바느질이 끝나면 호마이카 광택 나는 책상처럼 변신한다. 아버지는 두툼한 책을 올려놓고 공부하는 것이었다. 30촉 백열등은 밤새도록 졸지 않고 책갈피 속의 희망을 밝히고 있었다. 나는 이불 속에서 발판을 구르며 잠에 들었다. 싱거미싱은 우리 집의 스핑크스였다.

---

*싱거미싱: 1851년부터 미국의 Singer사에서 생산되어 판매된 재봉틀(sewing machine). 지금도 전 세계에 팔리고 있다.

꿈-설계 상담 일지

문: 교수님께서 주신 시집을 보다가 생각이 들었는데요. 교수님께서는 보통 시에 대한 영감을 어디서 얻으시는지 궁금합니다!

답: "시는 어디에서 오나?" 이런 말이지? 나도 잘 모르겠어. 저녁 어스름, 너의 눈물, 바람결, 꽃 떨어지는 순간, 바람의 손, 구름의 살결. 뭐 이런 것들로부터 오지. 그런데 그들의 목소리를 들으려면 특수한 라디오가 있어야 해. 이름하여 시상수신기詩想受信機. 거기에 주파수를 맞추는 아날로그 다이얼이 있는데, 그걸 딱 맞추어야 해. 안 그러면 잡음이 많이 들려. 너무 작게 소리가 들리면 볼륨을 올려야 해. 그런데 주파수와 볼륨은 서로 반대인 것 같아. 볼륨을 높이면 주파수가 잘 안 맞고 주파수를 잘 맞추면 소리가 작아지고 그러니까 평소에는 듣기 어려운 아주 작은 소리야. 하여튼 분명한 건 내 마음속에 낡은 라디오 같은 것이 있는 것 같아.

문: 그 라디오를 저도 어디서 구할 수는 없을까요?

답: 글쎄. 내 것을 줄 수는 없고. 너에게 줄 만큼 성능이 좋은 것도 아니야. 고백컨대 실체는 없어. 나도 어떻게 그걸 가졌는지는 모르겠어. 부모님께서 물려주신 것은 아닌 것 같아. 책 읽고, 명상하고, 여행을 하면 저절로 생기나봐. 상상의 씨앗으로부터 태어난 열매 같은 건 아닐지. 그런데 부분적으로는 선물로 받을 수도 있는 것 같아. 사랑하는 사물事物로부터. 사람은 물론이고 나무, 바람, 구름, 번개 같은 것으로부터 말이야.

* 꿈−설계: 필자가 근무하는 대학에 있는 특이한 이름의 학생 상담 프로젝트.

미루나무 장례식장

　미루나무 아래 시체들이 수북이 쌓였다. 방금 떨어진 울음이 거꾸로 뒤집힌 채 파르르 날개를 떤다. 피를 토하던 소리는 어디론가 떠나가고 촛불이 켜진 빈소에서 고인은 조문을 받고 있다. 미루나무 등걸에는 빈집들이 붙어 있다. 온몸이 악기가 된 채 미치도록 노래했다. 나무 위의 악사가 되어 황홀한 짝짓기도 했다. 어느 곳에서나 사랑은 짧지만 상주들의 호곡 소리는 길다. 미루나무 위에서도 곡쟁이들이 함께 울어준다. 고인이 집 한 채를 남긴 것처럼 허물 한 채를 울음처럼 남겼다. 빈집엔 어둠이 들어앉았다. 날개가 찢어진 채 바람 한 올을 부여잡고 숨을 거둔다. 나무 위에서는 울음소리가 더 짙어진다. 어디선가 눈물로 염을 하고 발인을 준비한다. 오늘 밤이 지나면 누군가의 짧은 삶이 무겁게 운구되는 것처럼 개미들도 상여꾼이 되어 시체를 옮겨간다. 빈소엔 신발들이 아직도 어지럽다. 생과 사의 교차로에서 구급차 한 대가 안개 도시를 찢으며 쏜살같이 지나간다. 하늘처럼 날개를 펴고 사는 시간은 한 순간이던가. 나무 위에서나 나무 아래에서나 피울음은

흙으로 돌아간다. 푸르른 미루나무가 서 있는 장례 식장은 오늘도 새 손님을 맞을 준비를 한다.

꽃나무 입양

　친지로부터 받은 블루베리 화분. 봄이 오자 서둘러 잎이 나고 꽃이 피는 통에 묵밭에 심으러 갔다. 블루베리 하얀 꽃은 새끼 은초롱꽃 같다. 작은 입술을 오므린 꽃들이 올망졸망 서로 먼저 얼굴을 내밀고 무리지어 피었다. 너같이 청순한 꽃은 그냥 피었다 져도 좋으련만. 아프게 열매까지 맺어야 하나. 작년에 심은 한 그루에서 흰 종지에 한 보시기 가득 보랏빛 순정이 담겼다. 내친 김에 나무보육원에서 매화, 산수유, 소나무 한 그루씩 더 입양키로 했다. 내가 다가가니 "날 좀 데려가세요" 하듯 매화가 초승달 같은 샛눈을 뜨고 산수유가 노란 속눈썹을 깜빡인다. 키 작은 소나무는 자다 일어난 듯 부스스 뻗친 머리다. 남의 손에서 잠시 큰 놈들이지만 이제부터 너희들은 내 자식이다.

풍경

   그대가 그늘진 처마 밑에 달아주고 떠난 작은 풍경風聲 하나. 겨울 하늘을 헤엄치는 물고기가 꼬리를 친다. 하얀 입자가 되어 퍼지는 소리는 때론 노래가 되어 중얼거리기도 하고 잠이 시작되는 꿈길 위에 하얀 소리로 쌓인다. 모든 나의 흔적을 지울 만큼 아우성으로 쌓인다. 군불을 때본 지 오래된 방 안에는 지난겨울의 그림자가 안온하게 누워 있다. 해거름 들판에는 누가 신다가 벗어놓았는지 얼음 구두 몇 켤레가 내팽개쳐져 있다. 발이 시린 새들은 한 켤레씩 짝 맞추어 신어보며 언 발을 녹이고 있다. 조금 전 우편 마차가 전해준 하얀 편지에는 그대가 아지랑이처럼 쓴 듯한 글씨의 온기가 피어나와 폐가의 아랫목을 덥혀준다. 부러진 굴뚝에서는 모처럼 솜털 연기가 나고 있다. 겨울의 초입새부터 한 길도 넘게 쌓이던 하얀 소리가 이윽고 봄의 정령이 되어 그대에게 가는 길 위에 아지랑이로 피어날 것을 꿈꾸리니.

경륜

거울 속의 나는 새하얀 머리가 된 사람. 문득 먹물을 찍어 일필휘지로 휘호를 쓰는 붓이 되었으면 생각한다. 오늘은 먹 대신 양귀비 1호 염색약이다. 곽통에 그려진 양귀비가 나를 빤히 쳐다본다. 왜 하필이면 약 이름이 양귀비인가? 그녀가 시키는 대로 1제와 2제를 일대 일로 섞었다. 화공약품 냄새가 나는 두 가지는 기쁨과 슬픔의 물감인지 뒤섞으니 회색빛이 난다. 머리칼에다 바르고 나니 조금 남았다. 아까워 어디 더 바를 데가 없나 생각하다가 번개처럼 그곳이 떠올랐다. 머리색보다 더 하얗게 변해버린 곳이다. 크는 곳은 달라도 같은 계통의 것들이니 염색이 잘 되리라 생각했다. 십여 분이 지나자 까맣게 색이 잘 나온다. 샤워를 하고 나서 거울을 보니 그곳이 정말 거뭇해져 있었다. 웬 젊은 사람이 서 있었다. 그동안 나는 왜 보이는 곳에만 신경을 썼을까. 보이지 않는 곳까지도 신경 쓰는 것이 삶에 대한 진정한 예의가 아니던가. 그녀에게 자랑하듯 보여주었다. 그녀는 웃으며 금방 나무란다. 왜 그런 짓을? 자기는 책임 못 진다고. 독이라도 오르면 어떻게 하냐고?

경륜經綸 있어 보이던 은발에 왜 개칠을 했냐며 웃
는다.

말문
— 시인의 꿈

올해 61세 6개월의 남자 시인입니다. 그동안 외계어 같은 말만 해댔는데, 한두 달 사이에 갑작스레 진짜 말이 나오기 시작했어요. 정말 애타게 기다렸는데, 한 달 전부터는 어설프지만 한 문장씩도 나오고요. 말이 엄청나게 많아지네요. 질문도 많고요. 정말 늦게 말문이 트여서 기다린 만큼 너무 신기하고 스스로 대견스럽습니다. 반면에, 분노 조절이 잘 안 되는 거 같아요. 소리를 고래고래 지르면서 목청 터져라 괴성을 지르네요. 늦게라도 봇물 터지듯 말문이 터져서 좋긴 한데 말하는 행동이 좀 과한 것 같아요. 오랫동안 말문이 막혔었으니 맨몸으로 표현하는 법이 더 익숙해졌던 것 같아요. 이제 말문이 열렸으니 밤새도록 문 닫지 말고 꼭 열어두고 자야겠어요. 늦게 서야 터진 말문으로 새어 나오는 시를 받아써야겠어요.

봄은 선착순으로 온다

군대 시절 단체 기합 받을 때 연병장을 한 바퀴 돌고 제일 먼저 달려오는 한 사람씩 열외를 시켜주었다. 한 스무 바퀴 넘게 돌고 나니 단 두 명만 남았다. 눈앞이 핑핑 돌았는데, 젖 먹던 힘을 내서 이번엔 일등으로 들어왔더니, 의리 없는 놈이라고 한 바퀴 더 뛰라고 했다. 선착순을 증오하게 된 나, 아직도 내복 바지를 입은 채 겨울을 벗어나지 못했는데, 새 봄을 맞아 산림조합에서 복숭아나무, 살구나무, 돌배나무 묘목 두 본씩 선착순으로 준다는 기사를 봤다. 일찌감치 수목원 운동장으로 갔다고 생각했는데 벌써 동이 다 나버렸다나, 봄맞이도 선착순으로 오는 모양이다. 산과 들을 둘러보니 이제사 진달래꽃이 눈에 들어오고, 봄은 기다리는 사람에게 먼저 와 있었다.

첫 시집
— 내가 안고 있는 것은 깊은 새벽에 뜬 별

어떤 서점에 갔는데, 내가 지은 시집이 꽂혀 있다. 이십오 년 전에 낸 첫 시집이다. 수십 년 만에 자식을 찾은 것 같이 기쁘기도 하고 미안하기도 하다. 나도 모르게 꺼내본다. 어린 시들이 고개를 내민다. 세상에 내놓았던 부끄러운 시편들. 소리 한 번 제대로 못 질러보고, 노래 한 번 불러보지도 못한 채, 그저 주변 식구들 이야기만 했었지. 모든 것의 무게를 가족에게 둔 아프고 시린 시절, 잠시 페이지를 들추니 시집 제목으로 썼던 시 한 편,

흰 새벽에 잠을 깨서 그냥 서럽게 울던 늦둥이 어린 딸이었다.

그리 받을 만도 하겠다 생각했다

집 공사하는데 세 사람 인부를 불렀더니 일당 합이 육십만 원이란다. 꽤 비싸구나 생각했는데 땡볕에서 일하는 것 보고 그리 받을 만도 하겠다 생각했다. 전기 공사 반나절 했는데 재룟값 포함 육십만 원이란다. 십만 원은 깎아달라고 졸랐는데 위험한 일하는 것 보니 그리 받아도 되겠다 생각했다. 방하나 도배장판 하느라고 지물포 사람 불렀는데 50년 이상 경력 되신다는 팔순 노인 부부 두 분 품값이 십팔만 원이라는데 열심히 일하시는 걸 보고 그리 받아도 싸다고 생각했다.

유명 시인이 아니라서 그런지 애써 쓴 시를 문예지에 내고도 원고료 받은 적 별로 없고 책으로라도 받으면 횡재한 것이니, 세상일에는 모두 다 값을 쳐주는 것인데, 어떻게 된 건지 평생 노력해도 제값을 못 받는 것이 시 쓰기로구나. 씁쓸해하지 말아라. 자식 하나 더 낳았다고 생각하면 불편했던 마음도 편해진다.

호박손

　호박씨 심은 자리에 젖니처럼 떡잎이 나오더니 어린 잎가지가 기지개를 켠다. 솜털이 보송보송한 가지에서 고사리손 하나가 세상에 안부를 전한다. 갓난아기들처럼 손을 꽉 쥐고 있다. 태어난 순간부터 불안했을 것이다. 적막한 노지露地에서 어찌 살아내야 할지 나뭇가지라도 붙들고 싶어 여린 손들이 어둠 속을 휘저었을 것이다. 차가운 새벽엔 손이 시려 두 손을 털가슴에 묻을 수 있는 다람쥐가 부러웠을 것이다. 두더지가 무너진 땅굴을 파헤쳐 나오듯 맨손으로 허공의 절벽을 올라야 하는 얄궂은 본능. 어딘가 분명히 가야 할 길이 없으면 어딘가 후회하며 돌아갈 길도 없다. 모래같이 새어나가는 속울음을 맨손으로 쥐었을 것이다. 아무것도 잡을 것이 없다고 느끼는 순간, 바람의 등허리를 올라탔을 것이다. 아무것도 기댈 것이 없다고 생각하는 순간, 빗방울의 어깻죽지라도 짚었을 것이다. 땅거미같이 기어 다니다가 그리움의 촉수를 지팡이처럼 더듬으며 눈 뜬 맹인의 노래를 불렀을 것이다. 황톳길에서 피어오르는 흙먼지의 냄새, 어지럽게 흔들리는 코스모스의 향기, 곧 어두워지리라는 일몰의 긴 그림자들, 보이지 않아도 사랑하게 되는 것들에게 기대다가 아무것도 잡히지 않으면 서로의 고사리손을 붙잡았다. 한 치씩 돌담을 감아 오르며 아직도 가야 할 길이 멀다고 생각했다. 녹슨 시간처럼 쌓인 이끼 긴 돌들의 뼈마디를 디디며 아직 올라설 꿈이 높다고 생각했다. 시한부 생명이 아닌 것이 이 세상에 어디 있으랴. 가시에 찔린 생인손도 거두지 않고 젖 먹던 힘이 다할 때까지 오르고 또 올랐다. 초가지붕 위에서 아득한 세상을 내려다본다. 한 집안의 어머니같이 당당하게 앉아 있는 맷돌호박 속엔 대를 물릴 씨앗이 여물어가고 다시 태어나도 하늘을 오르리라는 운명, 황금빛 주름진 생의 선물을 옆에 두고 아직도 덩굴손은 푸른 허공을 더듬고 있다.

바람박물관

바람도 유물이 되었다. 삼국 시대 바람도 있고 고려와 조선 시대의 바람도 전시되어 있다. 바람은 전시할 만했다. 어떤 바람은 깃발을 들고 또 어떤 바람은 장옷을 입었다. 역사의 골목이나 격랑의 바다를 쏘다닌 바람들이 이곳에 와서 곱게 잠들어 있다. 어떤 바람은 박제가 되어 미라처럼 시간의 붕대를 감고 누워 있다. 학예 연구사들은 부서진 바람을 원상으로 복원 중이다. 바람박물관을 찾는 것은 자신을 스쳐갔던 바람을 잊지 못하기 때문이다. 다시 보고 싶기 때문이다. 바람 소리 속에는 그대의 목소리가 묻어 있다. 그대만의 냄새가 덤으로 들린다. 바람에는 사람의 지문도 찍혀 있어서 옛 바람으로 떠나간 사람을 찾아낼 수 있다. 물론 유전자 분석으로 바람을 찾을 수 있다. 사람은 사라지고 바람만 남았다. 마개가 달린 병 속에 갇혀 있는 바람도 있다. 아마도 젊은 날의 질풍노도를 일으켰던 미친 바람일 것이다. 이 세상의 모든 바람이 다 수집되어 있다. 바람박물관에 가면 은유가 보인다.

2부

꾀꼬리단풍

이 말 아세요
꾀꼬리단풍이라뇨
꾀꼬리도 알고 단풍도 아는데
단풍이 꾀꼬리라뇨
못 찾겠다 꾀꼬리
그런 노래 가사도 있지요
꾀꼬리는 몰래 우는 새라고 하더군요
꼭꼭 숨어 있는 단풍인가요
국어사전 찾아보니
노랑, 빨강 등의 색이 섞여 있는 예쁜 단풍!
공작새 깃털 같은 단풍인가요
조류도감도 찾아봤어요
노란 털에 검은 선이 있는 날개!
부리만 약간 빨갛네요
특별한 색깔은 아닌 것 같아요
꾀꼬리 같은 소리로 노래 부른다는데
그렇다면 울음소리가 아름다운 새
도레미파솔라시도가 빨주노초파남보처럼 물들었
나요

꾀꼬리단풍은 색을 듣게 하는 단풍
나 이렇게 생을 예쁘게 마감하는 거야!
올 가을 꾀꼬리단풍이 정말 징하네요.

매듭
— M에게

살아가면서 때때로
매듭을 지어야만 한다지만

우리 사랑이야기
너무 빨리 매듭지으려 하지 말아요

백 년 넘은 느티나무는 봤어도
백 년 넘은 대나무는 보지 못했어요

바람의 매듭을 본 적이 있나요
물의 매듭을 본 적이 있나요

매듭을 짓다보면
끝이 되기 쉽겠지요

그대와 나의 관계
끊어질 때 끊어지더라도

영원히 풀어낼 수 없는

매듭짓기는 안 했으면 좋겠어요.

우리 사이

글짓기를 하다보니
농사짓기가 생각나네요
같은 거 아닌가요

송년회에 나가보니
나만 빼고 실하게들 농사를 지었네요
자식 농사 손주 농사
나만 속이 허전해지네요

그러고 보니
짓기란 말 앞에는
다 좋은 것들만 있네요

글짓기, 농사짓기, 집짓기, 밥짓기, 옷짓기, 짝짓기
다 좋은 것들뿐인데요

아! 죄짓기가 있네요
아! 제발 그것만은 빼고요
〉

사랑하는 당신
그대는 미소짓기를 좋아하는 것 같았어요

우리 좋은 것만 짓기로 해요
우리 사이 앞으로 괜찮을 거예요

올해의 마지막 날엔
매듭짓기도 해야 할 것 같아요.

개밥바라기별

샛별이라는
예쁜 이름 놔두고
하필이면 개밥바라기별이라니요

바라기는 사기그릇
그렇다면 개밥바라기는
개밥그릇이라는 뜻인데요

누군가 별을 바라보며
저녁 끼니를 생각했나요

누군가 에둘러
제 밥그릇을 개밥그릇으로 불렀나요

서로 통할 듯 말 듯한데
하늘과 바람과 별과 시처럼
마음속에 반짝이는 말

밥이 희망이 되던 시절

어스름처럼 번져오는 허기
별이 되어 서녘 하늘에 떠오르고요

개밥그릇에 담긴 별
내 밥그릇에 담긴 별

새벽녘엔 샛별로 떠서
누군가의 희망이 되었으면!

생각의 섬

우두커니라는
섬이 있어도 좋겠네

서로
바라볼 수 있도록

하염없이라는
섬이 있어도 좋겠네

함께
지낼 수 있도록

물끄러미라는
섬도 있으면 좋겠네.

춘흥春興

봄이 왔다고 야단법석이래 흥

팝콘처럼 배꽃 젖망울이 터졌다나 흥

봄 햇살이 목련나무 단추를 풀고 브래지어를 열
었다나 흥

봄바람의 살랑거림에 동박꽃이 흐드러지게 피었
다나 흥

곧 져버릴 꽃만 갖고 저 난리래 흥

모두들 예쁜 꽃만 노래하고 내 얼굴을 떠올리지
않는다네 흥

뿌리 없는 풀, 뿌리 없는 꽃, 어디에 있을까나 흥

그래도 바깥세상은 흥에 겨운 봄날인가 보네 흥

새벽오줌

아버지 웬일이세요
여기 이른 새벽인데요

요새도 거시기 보시기 어려운가요
벌써 몇 번이나 깨셨어요

여긴 봄인데
거기도 꽃들이 피었겠지요

돌 속에 계시니
아무래도 입술이 차갑겠지요

웃풍은 없나요
봄비는 들이치지 않나요

아직도 밤은 차니까
돌창문은 꼭 닫고 주무세요

가끔 나와서 별도 보세요

새로 생긴 손자들이 반짝일 거예요

새벽오줌을 누며
문득 거울을 보았더니

쉬, 쉬이…… 하시던
아버지가 서 계시네요.

우두커니

생각할 때나 그리울 때도
우두커니

기다릴 때나 바라볼 때도
우두커니

울타리 옆 해바라기도
우두커니

들판에 허수아비도
우두커니

어머니도 우두커니
동구 밖을 바라보고 계셨지

아버지도 우두커니
옥답을 바라보고 계셨지

나도 우두커니

친구들 생각하고 있었지

우두커니 있으면
지나간 모든 것을 만날 수 있었지.

* 천양희 시 「우두커니」에서 제목만 가져왔음.

밭에도 별이 뜬다

이른 새벽 작은 별들 아직도 총총하다

어두컴컴한 밭둑에도 별이 떠 있다

별똥별인가 가까이 다가가 보니

어둠 속에 노란빛을 낸다

부룩에 뿌린 씨앗들 제멋대로 자라나서 별꽃을
피웠다

푸른 잎사귀 근위병으로 거느렸다

궁전 같은 맷돌호박에는 황금 씨앗들이 가득찰
것이고

어둑한 새벽 밭에도 별이 뜬다.

어머니

아무도 챙겨주는
사람 없어

혼자
진지 드시겠지요

멀건 국에 식은 밥
말아 드실 때

금니 하나
별처럼 반짝이겠지요.

반수반수半樹半獸

가구점에 가서
식탁 한 세트를 사왔다
나무 재질이라 그런지
만질수록 정감이 간다
의자 네 놈도 딸려왔다
발을 세어보니
모두 스무 개나 된다
그동안 반려동물도 없이 살았는데
네 발 달린 것들이 들어오니
식구가 늘은 것 같다
가만히 바라보면
서로 손을 잡고 뛰노는 것 같기도 하고
가끔은 서로 서로 부딪치는 소리
의자를 끌면 목질木質의 합창도 부른다
나 혼자 신이 나서
절반은 나무 같고
절반은 길짐승 같다고 말했더니
귓전에 들리는 소리
시인 나부래기야!
진짜 함께 살기 힘들다고!

의자 놀이

테니스공을 반으로 잘라
발싸개를 해주었더니 보기가 싫었다

낙타 무늬가 있는 양말을 신겼다
아기가 아장아장 걷는 것 같다

곰 신발을 신겨보았더니
금방이라도 뛰어나갈 기세다

네 발 달린 의자
의자는 밖에 나가고 싶다

낙타 양말을 신고
곰 신발을 신고
동네 놀이터에서 놀고 싶은 것이다

아기 같은 의자
손주가 없는 내가 마음을 붙이니
그래도 서로 즐겁다.

어떤 문상

요즘 꽃들
순서도 없이 피고 지는데

목련꽃 지는 모습
철쭉꽃이 보고 있더이다

먼저 핀
빨간 철쭉꽃
그대로 펴 있는데

나중에 핀
하얀 목련꽃
먼저 떨어지더이다

수 백 켤레
흰 고무신 같은 목련꽃
마당에 흩어져 있는데
바람이 신고 가더이다
〉

일찌감치 핀 철쭉꽃
고개 숙여
백목련을 문상問喪하더이다

피고
지는
꽃들의 경계
봄비가 이별을 다독거리더이다.

나는 언제나 부모님과 함께 산다

어머니 닮은 손
아버지 닮은 발

두 손으로는
삶을 깁고 생을 버무린다

두 발로는
세상의 장터로 돈 벌러 나간다

요리할 때나
무엇인가 만들 때
손가락은 어머니처럼 움직인다

사는 게 힘이 들 때
아버지만 생각하면
발걸음에 힘이 붙는다

어머니 같은 손
아버지 같은 발
〉

하루해가 지면
흐린 방안에 앉아
손과 발이 서로를 어루만져주던

따듯한 손과
두툼한 발이 있어서
너무 좋다.

얼음 신발

눈밭 위에 찍은 나의 발자국

강추위에 그만 얼어붙은 신발이 되었네

겨울바람이 흩어진 신발들 짝을 맞춰놓았네

발 시린 고라니 제 발에 맞는 것 신고 산으로 갔네

어둠이 검은 발을 넣고 눈밭을 쏘다니네

봄이 오면 녹아버릴 미끄러운 얼음 신발들!

3부

쇠똥구리

경단을 굴리고 간다
흙길을 가다가 구덩이에 빠뜨렸다
밀어 올려보지만 진흙탕 속이다
겨우 빠져나왔더니
깡패 같은 놈이 뺏으러 온다
홀로 싸워야 한다
누구는 함께 굴리는데
나는 언제나 혼자였다
갑자기 내린 비에 경단이 물러졌다
더 이상 굴릴 수가 없다
꾸덕꾸덕 볕에 말려야 하는데
해가 나오지 않는다
바람에라도 말려볼 참인데
청솔모가 밟아버렸다
으깨져버린 꿈이다
가장 어려운 것은 희망을 갖는 일
더러운 똥을 굴리는 나는
곤충강 딱정벌레목 풍뎅이과
고상한 말을 하고 다니는 너는

포유강 영장목 사람과에 속하지만
하늘 아래에 함께 세 들어 산다
재수 없는 날이 많지만
젖은 날개를 펴고
굽은 어깨를 펴고
더 좋은 세상을 향하여 날아가야만 한다.

지중화地中花

땅속에서
예쁜 꽃눈이 뜬다니
꽃봉오리를 움 틔운다니

땅속에서
꽃을 피운다니
나는 지상에서도

꽃을 피우지 못하는데

땅속에서
열매를 맺는다니
야문 씨앗도 품고 있다니

내 안에도
이런 꽃 피어날 수 있도록
주문呪文 같은 꽃 이름을 외워본다

코멜리나 뱅갈렌시스

코멜리나 벵갈렌시스

코멜리나 벵갈렌시스

압화押花

가을꽃 떨어지는
시월의 마지막 날

구절초 따다
하얀 종이 사이에 넣고
무거운 돌로 눌러
만들면 압화

코스모스
가녀린 꽃잎보다
수 천 배 무게로 짓눌러
만들면 압화

꽃무릇 아쉬워
단단한 어둠에 채워
수 억 년 전 화석처럼
만들면 압화

짓눌린 꽃들이 아파

깡마른 꽃들이 아파

오늘따라
압화
압화
압화
입안에 떠돈다.

고드름

머나먼 하늘가
네 영혼의 처마 끝에
소리 없이 자라나고 있네

꽁꽁 얼어붙은 마음
잠시 햇살에 녹았다가
소리 없이 흘러내린 눈물의 결정체여

어떤 것은 길고
어떤 것은 짧으나
무엇을 쓸까
연필심처럼 뾰족하게 다듬어져 있네

차라리 바닥에 떨어져
산산이 부서져버리고 싶은
너를 향한
투명한 슬픔

옥수수 풍장

한 생애 싱그러웠던 몸
바람이 거세도
아직 허리는 부러지지 않았다
가끔은 뼈마디 아스러지는 소리에
놀라기도 하지만
옷깃을 여며보아도
말라가는 몸은 추수를 수 없다
한 두어 자루 열매만을 남기고
먼지 부스러기가 되어가는 몸이지만
겨우내 눈 부릅뜨고 서 있었다
자세히 보면
너 나 따로 없이 말라가는 것이다
스쳐 지나가는 사랑도
그렇게 부스러져가는 것이다
공동묘지 같은 묵밭에서
아름다운 시절이 말라 부스러져간다.

푸른 식솔

텃밭에 심어놓은 배추
구멍이 숭숭 나 있다
자꾸만 그쪽으로
눈이 흘겨진다

내 밥일랑
절대로 뺏길 수 없다는
법칙이 회충처럼 준동한다
너를 죽여야 내가 산다는
자동무한반복학습의 결과다

범인을 끄집어내니
여덟 마리 한 가족이다
동그랗게 몸을 말고 있는 벌레들
겁에 질렸는지 무서워
온몸이 새파랗다

아슬아슬한 세상
보호색으로 몸을 감추고

연한 배춧잎에서
만찬을 즐겼을 한 가족이다

산세 험한 잎맥을 넘나들고
찬 서리 내리는 밤이면
서로를 부둥켜안고
나비의 꿈을 꾸던 한 가족이다

맨 바닥에서
꿈틀거리는 푸른 식솔
삶의 견고한 법칙 앞에서
참수를 목전에 둔 인질같이 떨고 있다.

우리는

빨리 갈 수 없다
뛰어갈 수도 없다
날 수는 더더욱 없다
맨몸으로 기어 다닌다

부드러운 몸인데 징그럽다고 한다
남을 해치는 일은 절대로 없다

어두운 반 지하에 산다
비 오는 날 숨 쉬러 나왔다가
길을 잃기도 한다

천적을 만나도 도망치지 못한다
재빨리 숨지도 못한다
포식자들의 먹이가 그냥 되어준다

흙만 먹고 산다
무지렁이와 어감이 통한다
누군가 밟으면 꿈틀한다
〉

절대로 뒤로는 물러나지 못하는 습성이다
짓밟혀도 앞으로만 기어간다.

울력

손바닥만 한 텃밭
자식도 거들떠보지 않으니
자갈밭은 온통 내 차지다

곡괭이로 땅을 찍고
삽으로 파헤치니
숨이 턱까지 차오른다

흙을 갈아엎다 보니
누군가 먼저 밭을 갈고 있다

일손이 달리는 계절
나에겐 품앗이를 해주는 셈

지렁이 한 가족
열심히 땅을 파고 있다

(· · · · · · ·)
〉

내가 진 품
어떻게든 갚아야 한다

앞으론 삽날도
함부로 휘두르지 말아야 한다.

얼큰한 생

유모차에 실린 둥근 호박
단잠에 든 아기 얼굴 같다

배냇짓을 할 때마다 호박 단내가 난다

할머니가 유모차를 밀며 자장가를 부른다

"자장자장 자는고나 우리 애기 잘도 잔다
은자동이 금자동이 수명장수 부귀동이
은을 주면 너를 살까 금을 주면 너를 살까"

하늘을 빨고 있는 아기
딸랑이가 요령처럼 소리를 낸다

내가 누구인지
젖병 대신 막걸리병을 유모차에 싣고
마지막 생을 밀면서
얼큰하게 언덕을 오른다.

해녀

용왕님 안마당에서 도둑질하는 신세라며
죄스런 마음에 칠성판을 허리에 묶고
한 질 두 질 물숨 참고
열 질 저승에서 물질한다
친정 같은 바다지만 숨도 못 쉬는 죽은 팔자

무쇠 빗창 질러 식솔들의 목숨을 캔다
허구한 날 바다에서 갖다 먹기만 하지
갖다 드리는 것 하나도 없다며
망사리 채우는 게 미안하여 용궁에다 절을 한다
숨 하나 못 쉬는 저승에서
이어도 사나 이어도 사나
노랫소리 들리는 이승으로 떠오르면
호오이 호오이
꼭 금방 죽어 넘어갈 것 같은 숨비소리
바다가 어머니처럼 숨을 골라준다.

봄의 전령傳令

바다로 가는 길목엔
동백꽃이 흐드러지게 피었고
들불 번지듯 벚꽃도 피어날 텐데

주꾸미가 나면 동백꽃이 피고
도다리가 나면 벚꽃이 핀다는데

꽃필 때를 주꾸미가 맞추는 건지
물때를 동백꽃이 맞추는 건지
봄꽃 피는 바닷가는 궁합도 잘 맞추고

봄 주꾸미, 봄 도다리에
사람들은 입맛을 다시면서
알록달록 꽃 차림새로 어시장을 쏘다니고

바다에선 생선이 꽃인겨!
바다에선 비린내가 꽃향기여!
그려, 그려, 참 예쁜 꽃들이지유!
〉

충청도 사투리에
화신花信이 추임새를 하고
어신魚信이 장단을 맞추는 마량포구

봄의 전령들이 뒤섞여
그리운 모두 다
꽃향기가 되는 중이다

진달래가 피면
꽃게도 날 보러 오려나?

제재소에서

얼굴색은 다양하다
캐나다에서 온 하얀,
동해안에서 온 노르스름한,
동남아에서 온 거무튀튀한 피부색
차례로 교실로 들어간다
위험한 톱날이 도는 수업 시간
굉음이 울리면 가끔은 함께 온
뭉게구름도 잘려 나가지만
선생님은 아기처럼 잘 다룬다
원시의 껍질들은 거친 옷을 벗고
저 마다의 살결로 무엇인가 되어가는 중
휘어진 성격도 굽은 모양새도
찢어지는 고통 속에서 용모가 반듯해진다
바로잡기가 어려운 놈은 골라
마루가 될 판재도 만들고
쓸모 있는 각재도 만들어낸다
한 집안을 받드는 큰 기둥이 되는 것도
운명의 서까래가 되는 것도 있다
도마가 되어 입맛을 살려주고

악기가 되어 세상을 노래하고
하다못해 땔감이라도 되어 쓰임새를 만드는 교실
옹이가 많은 채 들어와서
부스러기처럼 톱밥을 남긴 채
저 마다 목질木質의 노래가 되어
세상 어디론가 떠나는 것이다.

모루

대장간을 지나다가
혼을 두드리는 소리를 듣는다
풀무질한 화덕에서
방금 막 꺼낸
시뻘건 쇳덩이를 망치질 한다
강해져라 강해져야 한다
아름다운 매질을 하며
미숙아 같은 쇳덩어리를 벼릴 때
무쇠의 혼이 불새처럼 깃든다
아직은 무엇이 되지 않은
충혈된 쇳덩어리
찬물에다 넣고 치이익 치익
담금질로 달궈진 혼을 식혀줄 때마다
무르디무른 몸은 단단해진다
두드릴수록 강해지는 청춘
대장간에는 자식 같은 핏덩이
세상과 장단 맞추며
쓸모 있는 연장이 되라 하며
망치 소리로 모양새를 잡아줄 때

모진 매질을 함께 받으며
쓸모 있는 놈이 될 때까지
생의 뜨거움을 받쳐주는
모루가 있다.

山-사람
— 故 박희선 테라코타 작품 '山-사람'을 보고

나무를 사랑하고
흙을 사랑하는 그에게
누가 그리도 빨리
운명의 도끼날을 찍었나

가지런한 두 손
그냥 잠들어 있기엔
너무나 아깝게 보이는
'山-사람'
꼭 그의 얼굴을 닮았다

그토록 그렸던
한반도의 통일을 위해
제 한 몸
생의 분신分身으로 남긴 것인가

아직도
이 나라는
도끼날들이 허공을 휘젓는 나라
〉

흙이 되어
땅이 되어 산이 되어
먼 하늘을 바라보고 있는
천재 조각가

그가 만든 '山-사람'
북두칠성 위에 누워 있다.

개복숭아꽃 아래

오줌을 누다가
가지 끝에 피어 있는
수백 개의 꽃눈을 보니
갑자기 부끄러워졌다
가까이 다가가서 코끝을 대보니
아직 피지는 않았지만
개복숭아 꽃눈에도 향기가 제법
오줌발은 개복숭아의 뿌리를 적셨을 것인데
꽃향기와 지린내가 어우러지니
엊그제 준 두엄 냄새와 함께
봄날의 무릉도원은 모과처럼 향긋할 것인데
이런 황홀경에 도달한 것은 처음
여름이 다 갈쯤엔
어여쁜 털북숭이를 따다가
약藥처럼 흑설탕에 재워두었다가
내 시詩 속의 그 질긴
가래 기침 소리나 떼어내야겠다.

4부

파랑주의보
— 말(言), 또는 말(馬)

바다는 푸른 말이다
말 갈퀴를 휘날리는 기마 군단이다
파도는 수 만 개의 말발굽이다
기마병들이 아우성치며 내 안을 쳐들어온다
파도 소리는 말들의 포효다
편자 자국이 화인火印처럼 모래사장에 찍힌다
풍랑은 고삐 풀린 말의 분노다
달빛도 말 발자국에 짓밟히고 있다
바람의 날개도 찢어지고 있다
모래톱은 학익진鶴翼陣을 펼치며 파도를 썰어보
지만
톱밥만 남긴 채 물거품처럼 물러서기만 한다
밀물은 점령군의 무리다
술병에 바다를 담아보기도 한다
파도 소리를 알약처럼 약병에 담아두기도 한다
달려오는 말, 말, 말발굽
함성은 지축을 끊을 듯 달려오는 질풍노도다
등대는 방안의 기마 인물형 신라 토기를 비춘다
한 생애의 바다에 파랑주의보가 내려졌다

원고지를 찢어버리며
목숨의 방파제로 뛰쳐나온 시인이 있다.

헌책은 없다

너를 다시 읽는다
쿰쿰한 너의 체취
페이지를 넘기니 곰팡이 냄새가 난다
비좁은 책장 속에 끼인 채
모진 세월을 견뎠구나
누렇게 변색된 갈피 속에서도
뭉게뭉게 피어오르는 싱싱한 활자들
따라 읽어가니
또다시 젊은 날의 질풍노도다
나에게 잠시 왔다가
제대로 읽혀지지 못했던 철학서
지루하다 싶어
슬그머니 꽂아놓았던 대하소설
모두 다 묵은 향기가 새록새록 나는 책이다
보약을 끓이는 약단지처럼
문향이 피어오르고
오래 두었다가 다시 꺼내 읽으니
인삼 녹용이 따로 없다
오래된 책은 있어도 헌책은 없다.

산중해山中海
— 곡운구곡 다산개정 제6곡 벽의만碧漪灣

세상살이 힘들다 해도
잠시 쉴 곳이 여기에 있네

수심은 얕아도 물색은 깊고
낚시 드리울 만큼 마음이 넉넉해지네

잔잔한 물살에도
그리운 마음이 일렁이고

멀리 있는 친구를 불러
조각배를 띄우면
시詩가 지어지고 노래가 나올 텐데

모두들 와서 시름을 잊고
산천어山川魚와 헤엄치며 놀아도 좋을 텐데

구곡절경을 더듬다보니
푸른 바다가 산속에 있네.

인공 눈물

슬픈 영화를 보면
봇물 터지듯 흘러내렸는데
아무리 울고 싶어도 흐르지 않는 눈물

무미와 건조
두 개의 혹을 단 쌍봉낙타가
신기루를 보고 헤맨다

고비 사막이다
오아시스가 보이지 않는다

명색이 시인인데
억지 울음이라도 우는
곡쟁이가 되어야 하지 않겠는가

슬픈 눈물이어도 좋다
행복한 눈물이 아니어도 좋다
그냥 풀어진 울음을 울어볼 수 있다면
〉

눈 안이 촉촉해지면서
오랜 가뭄에 단비가 오듯
그때 그 기분이 좋을 텐데

슬픔의 마중물을
인공 눈물로 끌어 올려야 쓰겠는가.

겨울 서신書信

온 세상을 덮은 눈
하늘이 펼쳐준 한지韓紙

북방에서 온 철새들
시린 발로 안녕! 안녕!
전서篆書처럼 꼭꼭 찍고

옷깃 올린 사람들
눈밭에 푹 푹 빠지며
궁금한 생의 문장
정자正字로 써 내려가고

어린 바둑이들
천방지축 뛰어다니며
흘림체로 휘갈겨 쓰고

눈밭 위에서는
그리운 끼리끼리
따듯한 안부를 묻는다
〉

편지지는 눈
글씨는 발자국
봉투는 마음

나도 얼른
아무도 몰래
사랑한다고 궁체宮體로 쓰고

겨울바람을
우표 대신 붙이고
까치밥으로 봉랍封蠟한 하얀 편지
그대에게 보낸다.

귓속말

가죽으로 남은 짐승이 울고 있다
얼마나 매를 맞았는지 온몸에 핏발이 섰다
한쪽 살점은 헤지고 다른 쪽 살결은 찢어졌다
말과 소와 염소와 노루와 개 같은 짐승들과 함께
함께 울던 오동나무 가락도 끊어졌다

되바라진 소리를 다스리던
북채도 사라졌고
약을 올리듯 변죽을 울려주던
고수鼓手도 보이지 않는다
흥을 돋궈주던 신들린 소리는 떠나갔다
누군가의 손바닥도 떠나버린 북
소리를 내지 못하고 바람결에 울기만 한다

쓰레기통 옆에 나뒹구는 두 개의 북
오랫동안 장단을 맞추었을 사랑하던 사이인 것
같아
나도 모르게 트렁크에 싣고 말았지만
때가 되면 버려진 듯

그렇게 사라지는 것도 옳은 것이라고
매일같이 나의 한 복판腹板을 두드리는
그 분이 귓속말을 했다.

우물과 시

누구나 들여다보려고
고개를 숙이는

누구나 그리운 이름
소리쳐 불러보고 싶은

누구나 두레박 내려
한 바가지 퍼 올리고 싶은

누구나 마셔보고
이런 물맛 처음이라고 말하는

웅숭깊은 우물
메마른 가슴속에 파보았으면

거기서 샘솟는
시 한 편 써보았으면

세상 들녘

사소한 곳이라도
조금씩 적실 수만 있다면

매일 밤 달이 되어
우물 속에 빠질 수도 있겠다.

소출

비탈밭을 빌려
콩 농사를 짓는데
산짐승에 밭이 상하면
속이 쓰리고

땡볕 아래
피땀으로 가꾼 콩밭이라
소출이 적은 듯 생각하다가도

콩을 털어
서 말이 난다면
도지로 한 말 내고
산짐승이 한 말 먹고

땅은 소중하니
놀리지 않아서 좋고
산토끼 고라니 놀러오니
외롭지 않아서 좋고
〉

농사짓는 재미도 소소하니
삼분의 일이면 족하다.

매향리 방파젯길

바다로 가는 매향리 방파젯길
썰물 때면 속살이 비단 이불처럼 드러난다
갯벌에는 발정 난 칠게들이
알 수 없는 글씨체로 연서를 써대고
포크레인처럼 집게발을 휘저으며 암컷을 꼬드긴다
이불 속은 온통 연애질이다

쏙이 얼굴을 쏘옥 감쳐버린 자리
민꽃게가 쓰윽 숨긴 자리
낙지가 가지 치며 다니는 자리
갯벌엔 숨구멍이 별처럼 많아서
뻘에 사는 것들은 숨을 곳이 많은데
이방인들은 숨을 곳이 없다

섬 밖으로 바닷물은 떠나갔지만
물때가 되면 사람들은 퇴각해야 한다
갯벌에 빠져 뭍으로 나가기도 어렵지만
육지의 삶도 이보다 더 나을 것은 없다
〉

매향리 방파젯길을 걷다보면
하루의 소실점처럼 바닷길도 오므리고
운 좋게 백합 한 바구니 캐서 오는 날엔
누군가의 바구니에
내가 담겨보기도 해야 하는
또 다른 소실점을 생각해보게 하는 것이다.

제주 오름에서

땅거미가 사라질 무렵
하나둘 켜지는 불빛이 어둠 속에서
팽이처럼 도는구나

억새들은 서로
다정한 어깨를 내주며
노을과 함께 흔들리고 있는데

바닷바람이 불턱에서 쉬고
해초들이 물살에 몸을 맡기고
갯바위도 파도에 섞이는 동안

새끼 게도
제 집을 찾아가고 있는데
잿빛 갈매기도
제 둥지를 찾아가고 있는데

하루 종일 오름에서
그리움이나 파던 헌 삽자루처럼

아직도 그대의 마음에
허름하게 기대어 서 있구나.

* 불턱: 바닷가에 돌을 쌓아 만든 해녀들 쉬는 곳.

맛집 국숫집

콩국수가 먹고 싶어
소문난 집이라는 국숫집에 간다
식당 들어서기 전에
갑자기 비빔국수가 땡기는데
막상 뭐 드시겠어요 하면
우물쭈물하다가
열무국수를 주문하고
옆 사람들 먹는 것 힐끔 보다가
잔치국수 시킬 건데 후회하며
열무국수 한 젓가락 입에 넣다가
원래대로
콩국수를 먹고 싶다고 생각하는
맛집 국숫집

살아온 게 꼭 그렇다.

애인

볼 것은 보게 하고
못 볼 것도 보게 하고
지겨운 책도 읽게 하고 따듯한 밥도 먹게 하고
사랑하게도 하고 미워하게도 하고
그대를 통해 세상을 보는 투명한 감옥
생의 원근을 헤아려주고, 삶의 명암을 분별해주고
나의 철학
이미 한 몸이 된 사이
나의 애인
못 쓰는 시도 끝까지 쓰게 하고
나의 문학
다양한 시간이 다초점 렌즈에 서려 있다
내가 잠들었을 때 그대는 무엇을 보고 있니?
무엇을 생각하고 있니? 차라리 눈을 감고 있니?
나의 분신, 나의 사랑, 나의 미학
머리맡에 있는 그대에게
나처럼 슬픈 꿈도 꾸는지 묻는다.

작별상봉作別相逢
— 2018 남북 이산가족 만남

이별하기 위해
만나는 것이라니

엄청 슬프던데요
작별상봉이라는 말

꽃도 그렇지요
피고 지고

사람도 그렇지요
만나고 헤어지고요

지척咫尺에 두고도
작별상봉이라니

이별하기 위해
만나는 것이라니

꽃과 나
〉

그대와의 만남도
꼭 그렇게 되는 건가요.

통나무 다리

나무를 베어 통나무 다리를 놓았다

나무를 베다니 섬뜩한 느낌이 들었지만

나무끼리 다투는 통에 잎갈나무 몇 그루를 잘랐다

세상 불평이 많은 나무들에게 서로의 간격이 필요
했다

다리를 건너며 나무의 생애를 출렁거려야 하리

내 안으로 건너가며 나무의 이야기를 딛어야 하리

나무와 숲, 그리고 나
서로의 관계를 생각해야 하리.

분서焚書

　아무짝에도 쓸모없을 것 같은 오래된 시집들, 연구실 서가에 꽂혀 있다. 보낼 곳이 더 이상 없었거나 팔리지 않았기 때문일 것이다. 벌써 여섯 권째 냈으니 남아버린 책이 생각보다 많다. 반품되어 되돌아오고 폐지로 그냥 버린다는 말에 주섬주섬 가져도 왔다.

　나의 분신, 그 속에서 꿈틀거렸던 청춘
　나의 결정체, 그 속에서 헤매었던 인생
　나만의 향기, 그 속에서 쌓아왔던 철학

　그냥 버릴 순 없고, 어디론가 옮겨야 한다. 방을 빼야하는 처지에 복안은 있다. 산방山房으로 가져가서 불쏘시개로 틈틈이 쓸 요량이다.

　타고 남은 재
　채마밭의 거름이 되어
　다음 생엔 시집 말고
　채소나 과일로 태어나거라.

그리움이 완전히 소진된 '풍장'
혹은 죽음에 맞닿은 절정의 '서정'

박성현(시인)

허문영 시인의 문장을 읽으며 몇 해 전 청량산에 머물 때의 일들이 떠올랐다. 결코 서두르지 않는 그의 문장이, 계절이 외투를 갈아입는 듯 천천히 나타나고 사라지는 시인의 여백들이 초록이 적막하게 우거진 능선으로 나를 이끈 것이다. "하루 종일 오름에서 / 그리움이나 파던 헌 삽자루처럼 / 아직도 그대의 마음에 / 허름하게 기대어 서 있"(「제주 오름에서」)다는 문장에서 나는 잠시 시를 멈췄다.

청량산 중턱 어딘가에 자리 잡은 허름한 민박집에 들고, 거기서 며칠을 묵었다. 마루라고는 하나 겨우 사람 하나 앉을 자리였지만, 나는 그곳에 앉아 낮은 담장 밖에 지나는 사람들을 물끄러미 쳐다봤다. 사람이 없을 때는 날벌레나 다람쥐 같은 작은 짐승들을 살폈고, 물기에 젖은 초록이 스며들며 서로 물들어가는 것도 보았다. 능선을 타고 여기까지 내려온 바람은 덥고 습한 날씨를 풀어놓았는데, 입에 고인 침을 삼키면 더러는 쓴맛이 나기도 했다. 아마도 나뭇잎이나 길게 자란 풀들이 비벼대며 쏟아낸 기운인 듯했다.

밤은 생각보다 일찍 찾아왔다. 밤이 찾아오는 소리는 좀 소란스러웠다. 사람들이 분주하게 저녁을 준비하며 빨래며 설거지를 해댔다. 어두워지기 전에 늦은 산책이라도 다녀오겠다는 사람도 있었다. 누워 있다가 밖으로 나와 좁은 마루에 앉았다. 방바닥에서 올라와 온몸을 휘감았던 찬 기운은 여전했다. "차라리 바닥에 떨어져 / 산산이 부서져버리고 싶은 / 너를 향한 / 투명한 슬픔"(「고드름」)과도 같은 것이다. 담장 밖은 원근이 분명했으나 닿지 않았다. 암실에서 갑자기 바깥으로 던져졌을 때의 비현실적인 모호함이었다. 사흘을 그렇게 보내고 나흘이 되자 나는 간이옷장과 이불만 있는 방이 좀 지겨워졌다. 능선을 타고 밀려오는 바람에 기대어 그 소슬한 목소리를 듣는 것도 나의 변덕은 불편한 것이다. 턱 밑까지 차오른 초록이 헐겁기도 하고 눈물겹기도 했다. 하지만 초록은 물러날 기미가 없었다. 8

월의 폭염도 여기서는 바다 저편의 먼 이야기일 뿐이었다.

그때 나는 허문영 시인처럼 어떤 '한계'에 대해 생각했다. 나는 "그리움이나 파던 헌 삽자루"에서 눈시울이 뜨거워졌던 것인데, 삶의 고비마다 들이닥치는 한계를 넘기 위해 헌 삽자루가 감내해야 했던 인내의 무게들이, 그 치욕과 고통들이 구체적으로 다가왔기 때문이었다. 과연 나는 헌 삽자루처럼 이가 다 닳도록 나에게 닥쳐온 한계와 싸웠을까. 울음이 완전히 소진되도록, 그리움조차 단 한 방울도 남지 않도록 '당신'에게 가고 있던 것일까.

*

시인은 「생명의 길」에서 그동안 몰입한 '시 쓰기'에 대해 명확히 밝히고 있다. 그러면서 '그대' 안에는 많은 길이 있지만, 결코 '쉽게 가는 길'은 택하지 않겠다고 고백한다. 그는 나지막하고 구부러진 길이나 돌길을 갈 것이고, 오르막이나 내리막이 있는 험한 길도 마다하지 않을 것이다. "그래야만 그대에게로 가는 길이 귀하게 느껴질"것이기 때문이다. 오로지 '그대'에게 바쳐진 이 '길'은, "나도 얼른 / 아무도 몰래 / 사랑한다고 궁체宮體로 쓰고 // 겨

울바람을 / 우표 대신 붙이고 / 까치밥으로 봉랍封
蠟한 하얀 편지 / 그대에게 보낸다."(「겨울 서신書
信」)는 부끄러움의 소박한 정서가 녹아내려 있지만,
시인이 생활 속에서 실천해야 하는 삶의 '방법'이고,
윤리와 도덕이 한 데 어우러져 펼쳐지는 '장소'이며,
파레시아(parrhesia)라는 진실 말하기의 뚜렷한 자
기-확신의 시간을 형용한다.

　요컨대, 시인의 고백에서 '그대'는 자신의 삶을 고
양시킬 수 있는 절대적 존재로서 획정되며, 이러한
삶을 완성할 구체적 지향으로서의 시-쓰기로 변용된
다. 이러한 방법적 성찰을 통해 그는 실로 자기 자신
을 '주체 안의 타자'로서 혹은 '주체와 타자의 변증'
으로서 온전히 세우고, 시 쓰기의 본질에 다가선다.

　시인은 "밥이 희망이 되던 시절 / 어스름처럼 번
져오는 허기 / 별이 되어 서녘 하늘에 떠오르고요
// 개밥그릇에 담긴 별 / 내 밥그릇에 담긴 별 //
새벽녘엔 샛별로 떠서 / 누군가의 희망이 되었으
면!"(「개밥바라기별」) 한다고 노래한다. '누군가의
희망'이 되고 싶은 그의 욕망은 참으로 보편적이면
서도 소박하다. 그러나 그 대상이 구체적이다. 그
가 문장 안에 담은 '누군가'란 바로 배고픈 자들이
다. 이를테면, 매일 밤 절 마당에 수북이 쌓인 별을
부삽으로 퍼 담아 찻물 끓이는 군불로 쓰거나 묵은

밭에 거름으로 쓰는 마음 좋은 '덕행 스님'(「별을
삽질하다」)이고, '친지로부터 받은 블루베리 화분'
이지만 내 자식으로 삼아버린 '꽃나무'이며(「꽃나무
입양」, 시인은 "내친 김에 나무보육원에서 매화, 산
수유, 소나무 한 그루씩 더 입양키로 했다"고도 말
한다), 겨울의 초입새부터 한 길도 넘게 쌓이던 순
백의 '풍경(風磬)-소리'(「풍경」)이기도 하다. "다리
를 건너며 나무의 생애를 출렁거려야"(「통나무다
리」) 했던 시인에게 타자란 자기 자신으로 향하는
시선을 넘어서서 '눈부처'와 같은 존재에 다름없다.

그러므로 시인의 서정적 시선이 향하는 모든 장
소와 시간이, 다시 말해 아무도 봐주지 않는 시골
의 낮은 담장 그늘이나 그늘에 버려진 햇볕 한 줌이
"채마밭의 거름"(「분서焚書」)으로 분절되는 바로 그
뜨겁고 치열한 사태-속-에 허문영 시인의 시가 존
재한다.

눈밭 위에 찍은 나의 발자국

강추위에 그만 얼어붙은 신발이 되었네

겨울바람이 흩어진 신발들 짝을 맞춰놓았네

발 시린 고라니 제 발에 맞는 것 신고 산으로 갔네

어둠이 검은 발을 넣고 눈밭을 쏘다니네

봄이 오면 녹아버릴 미끄러운 얼음 신발들!

—「얼음 신발」 전문

눈밭을 걷는다. 발자국이 시인의 무게만큼 패어 있다. 바닥의 모양도 신발과 같아 신고 다니면 그만이겠다는 농담 같은 생각을 한다. 멀리서 걸어온 길을 되돌아보니 더러는 깊고, 더러는 고요하며, 더러는 창백하다. 햇볕이 한 움큼 눈을 집으면 그 온기에 서슴없이 사라질까. 눈밭을 걸으면 이력처럼 발자국이 나고, 그 발자국은 언제나 지금의 '나'로 향한다.

시인은 눈밭을 걷고 있다. 몸의 무게와 발바닥이 땅을 밀어내는 힘만큼 자국이 함께 따라온다. 당연하지만, 그 깊이와 넓이, 크기는 모두 시인의 내력이다. 물끄러미 바라보다가 문득, 그는 저 무수한 발자국들이 언 발을 보듬고 감싸는 신발과 같다는 것을 발견한다. 얼음 신발이라는, 동화적이면서도 유쾌한 발견이다. 이를 증언하듯 강추위를 몰고 오는 겨울바람도 웅크려 앉아 흩어진 신발들의 짝을 맞추고 있지 않는가. 발 시린 고라니들이 발에 맞는 '얼음 신발'을 신고 산으로 가고, 맹렬한 어둠도 검은 발을 넣고 눈밭을 쏘다닌다. 비록 "봄이 오면 녹아버릴 미끄러운 얼음 신발"이지만, 적어도 한기(寒氣)만은 비켜가도록 하는 것이다.

시도 마찬가지다. 시도 세계를 담고 뱉어내며 함께 호흡하고 그 꿈들을 소진하는 문장들이다. 적어도 허문영 시인에게 시는 헐벗고 배고픈 세계의 온갖 것들의 희망과 허기를 달래주는 공통의 '경험'이자 '이해'다. 시인은 노래한다. 시란 "누구나 들여다보려고 / 고개를 숙이는 // 누구나 그리운 이름 / 소리쳐 불러보고 싶은 // 누구나 두레박 내려 / 한 바가지 퍼 올리고 싶은 // 누구나 마셔보고 / 이런 물맛 처음이라고 말하는 // 웅숭깊은 우물"(「우물과 시」)이라고. 그의 시가 숱하게 바깥으로 향하고, 그곳에서 타자를 만나고 스며들며 함께 어울리는 까닭이 여기에 있다. 그의 시는 자연을 감추지 않고 대립하지 않으며 자연을 통해 삶의 이치, 그 간결하고 수더분한 방식들을 이끌어낸다.

비탈밭을 빌려
콩 농사를 짓는데

산짐승에 밭이 상하면
속이 쓰리고

땡볕 아래
피땀으로 가꾼 콩밭이라
소출이 적은 듯 생각하다가도

콩을 털어
서 말이 난다면
도지로 한 말 내고
산짐승이 한 말 먹고

땅은 소중하니
놀리지 않아서 좋고
산토끼 고라니 놀러오니
외롭지 않아서 좋고

농사짓는 재미도 소소하니
삼분의 일이면 족하다.

─「소출」 전문

시인은 비탈을 빌려 콩 농사를 짓기 시작한다. 비
록 중년은 지났으나 땅을 일구고 씨를 심고 물과 거
름을 주는 것도 아직은 힘에 부치지 않는다. 땅과

함께 일어났으니, 땅과 함께 황혼을 바라보는 것도 이치에 합하지 않는가. 메마른 비탈이지만, 흘린 땀과 보낸 시간만큼 내게 올 '소출'을 생각하면 이 소소한 삶도 나쁘지 않다.

비탈밭을 빌려 콩을 심는다. 메마른 땅을 딛고 새파랗게 일어서는 저 줄기들이 어여쁘기만 하다. 땡볕 아래 앉아 물도 주고 거름도 주고, 때로는 노래와 이야기를 들려줬던 것이 향기로웠는지 콩 줄기는 점점 굵어지고 튼실해졌다. 가끔 산짐승이 내려와 밭을 헤집을 때도 있었고, 정확히 새순만 골라 작물을 상하게 만들 때도 있었지만 문제가 아니다. 소출이 예상 밖이어도 비탈을 일궈 '나'만이 아니라 산토끼나 고라니까지 어울려 살 수 있다면 그것으로 족하기 때문이다.

시인은 "콩을 털어 / 서 말이 난다면 / 도지로 한 말 내고 / 산짐승이 한 말 먹고 // 땅은 소중하니 / 놀리지 않아서 좋고 / 산토끼 고라니 놀러오니 / 외롭지 않아서 좋고 // 농사짓는 재미도 소소하니 / 삼분의 일이면 족하다."고 노래한다. 과유불급이다. 넘치는 것은 모자란 곳에 메꾸면 그만이다. 부족하더라도 어울리면서 같이 삶을 영위할 수 있다면 그것이 자연이고 오롯한 마음이자 안위며 '시 쓰기'가 아닌가. "세상살이 힘들다 해도 / 잠시 쉴 곳이 여기에 있네 // 수심은 얕아도 물색은 깊고 / 낚시 드리울 만큼 마음이 넉넉해"(「산중해山中海」)진다고 쓴 이유를 물을 필요가 없다.

*

허문영 시인에게 '시'-쓰기는 자연을 사는 것과 같다. 그의 자연 친화력은 낭만주의와 같은 이념적 지향도 아니고, 도원에 들고자 하는 현실도피 또한 결코 아니다. 그저 자연에 기대어, 그 자연-과-동시-에 삶을 기울였던 마땅한 귀결일 뿐이다. "눈 안이 촉촉해지면서 / 오랜 가뭄에 단비가 오듯 / 그때 그 기분이 좋을 텐데 // 슬픔의 마중물을 / 인공 눈물로 끌어 올려야 쓰겠는가."(「인공 눈물」)라는 자신에 대한 타이름이 스스로를 숨 가쁘게 재촉했던 성찰의 한 마당이면서 동시에 연구실 서가에 꽂힌 자신의 분신 같은 시집들을 "산방山房으로 가져가서 불쏘시개로 틈틈이 쓸 요량이"(「분서焚書」)라고 말하는 놀라운 '전회'(轉回)이기도 하다.

아무리 멀리 가도 허문영 시인의 시는 마모되지 않는다. 바람의 외투를 두르고, 혹은 모래나 바다의 옷을 입어서도 결코 시의 정체와 깊이와 크기, 가치는 손상되지 않는다. 입에서 입으로 전해지고, 편지나

엽서에 담겨 있을 때도 시는 애초의 의미를 간직한 채 더욱 빛난다. 시가 바로 생활이며 한계를 넘어서는 인내와 의지의 결정체다. 삶의 한 복판에서, 또한 사람과 사람의 밀고 당기는 집요한 관계 속에서 생(生)을 온몸으로 짊어지는 것이 허문영 시인의 시다.

시인에게 시는 "오줌을 누다가 / 가지 끝에 피어 있는 / 수백 개의 꽃눈을 보니 / 갑자기 부끄러워"(「개복숭아꽃 아래」)지는 '찰나'이고, "매향리 방파젯길을 걷다보면 / 하루의 소실점처럼 바닷길도 오므리고 / 운 좋게 백합 한 바구니 캐서 오는 날엔 / 누군가의 바구니에 / 내가 담겨보기도 해야 하는 / 또 다른 소실점을 생각해보게 하는"(「매향리 방파젯길」) '산책'이자, "충청도 사투리에 / 화신花信이 추임새를 하고 / 어신魚信이 장단을 맞추는 마량포구 // 봄의 전령들이 뒤섞여 / 그리운 모두 다 / 꽃향기가 되는"(「봄의 전령傳令」) 아찔한 계절의 '경계'다. "볼 것은 보게 하고 / 못 볼 것도 보게 하고 / 지겨운 책도 읽게 하고 따듯한 밥도 먹게 하고 / 사랑하게도 하고 미워하게도 하고 / 그대를 통해 세상을 보는 투명한 감옥 / 생의 원근을 헤아려주고, 삶의 명암을 분별해주"(「애인」)는 머리맡의 '안경'과도 같은 시가 느릿느릿 생의 온갖 골목을 돌아 여기서 움을 트는 것이다. 사정이 이러하니

"오래된 책은 있어도 헌책은 없다"(「헌책은 없다」)는 문장이 불현듯 우리의 마음을 파고드는 것은 당연한 일이 아닐까.

그런데 우리가 잊지 말아야 할 것이 있다. 이러한 '찰나'와 '산책', '경계'와 '안경' 등의 이미지들은 모두 하나의 명징한 지향점을 가지며 아주 멀리까지 가며 그곳에서 소실된다는 것이다. 그 지향점이란 무엇일까. 어디서 시작하며 어느 능선에서 기울어지고 어느 방향으로 향하는 것일까. 나는 허문영 시인의 시, 「모루」에 그 막역한 답이 있다고 생각한다.

어느 날이다. 시인은 햇볕이 부드럽게 밟히는 시장 골목을 지난다. 대야에 말려서 뭉친 나물이며 갓 도정한 쌀과 콩을 파는 노파들과 손님들의 실랑이가 분주하다. 김이 모락모락 올라오는 좌판에는 누런 술떡이, 전을 부치는 자리에는 걸쭉한 밀주가 한창이다. 그는 냄새가 이끄는 대로 발길을 잡는다. 골목을 지나면 다시 골목이고 시장의 미로는 끝이 없을 듯하다. 그런데 저 골목 끝에서 천둥과 같은 망치질 소리가 나는 것이다. 한눈 팔 겨를도 없이 그 소리에 이끌린다. 사로잡힌 것이다.

대장간을 지나다가
혼을 두드리는 소리를 듣는다
풀무질한 화덕에서
방금 막 꺼낸
시뻘건 쇳덩이를 망치질 한다
강해져라 강해져야 한다
아름다운 매질을 하며
미숙아 같은 쇳덩어리를 벼릴 때
무쇠의 혼이 불새처럼 깃든다
아직은 무엇이 되지 않은
충혈된 쇳덩어리
찬물에다 넣고 치이익 치익
담금질로 달궈진 혼을 식혀줄 때마다
무르디무른 몸은 단단해진다
두드릴수록 강해지는 청춘
대장간에는 자식 같은 핏덩어리
세상과 장단 맞추며
쓸모 있는 연장이 되라 하며
망치 소리로 모양새를 잡아줄 때
모진 매질을 함께 받으며
쓸모 있는 놈이 될 때까지
생의 뜨거움을 받쳐주는
모루가 있다.

—「모루」 전문

시인이 멈춰선 곳은 골목 끝 허름한 대장간이다. 그는 어스름이 깔린 모호한 대기 속에, 갑자기 훅 끼치는 뜨거운 공기를 맡는다. 거센 풀무질에 쇠붙이들이 녹아서 한 데 엉기고 있으니, 대장간의 온도는 가히 태양의 흑점에 가깝다. '스며들다'는 동사가 무색할 정도로 쇠붙이들은 엉기며 서로를 끈질기게 탐닉하면서 형체의 부질없음을 증명한다. 대장장이들은 웃옷을 벗고 불똥에 덴 상처를 거침없이 드러내는데, 그들의 마른 근육에 솟은 땀방울이 무척 서늘해 보인다. 얼음 결정체 같다. 시인은 한 발 더 다가간다.

　대장간이다. "풀무질한 화덕에서 / 방금 막 꺼낸 / 시뻘건 쇳덩이"가 눈앞에 있다. 대장장이가 일정한 간격으로 쇳덩이를 망치질한다. 시인이 듣는 소리는 쇳덩이가 바짝 긴장하는 소리가 아니다. "혼을 두드리는 소리", 곧 쇳덩이의 미래-형상이다. "강해져라 강해져야 한다"는 매질, 그것은 "미숙아 같은 쇳덩어리를 벼"리는 것이며, "무쇠의 혼"에 불새를 깃들게 하는 의식이다. "충혈된 쇳덩어리 / 찬물에다 넣고 치이익 치익 / 담금질로 달궈진 혼을 식혀줄 때마다 / 무르디무른 몸은 단단해"지는 것이 아닌가. 대장간에는 "자식 같은 핏덩어리"가 있고, 그것은 "두드릴수록 강해지"고 있다. 특히 "세상과 장단 맞추며 / 쓸모 있는 연장이 되라 하며 / 망치 소리로 모양새를 잡아"준다는 부분에서는, 망치질 소리를 '혼'에 비유한 시인의 이유가 선명해진다.

　그러나 그것이 전부는 아니다. 망치가 모양새를 잡아줄 때, 그 모진 매질을 함께 받는 것이 있다. 바로 '모루'다. 시인이 대장간에서 집중한 것은 어쩌면 쇳덩이가 쓸모 있는 모양으로 만들어지는 과정이 아니다. 그가 눈여겨 본 것은, 쇳덩이가 감내해야 하는 모진 '매질'을 받쳐주고 견디게 해주는 어머니 같은 '모루'다. 생의 뜨거움이 여기에서 쏟아지고, 대장간은 매운 연기로 가득하다. '모루'가 있다. 마치 "버선발로 굴러서 식솔들의 미래를 누비질하는"(「미싱」) 거칠고 마른 손과 같은, 그렇게 "아무도 챙겨주는 / 사람 없어 // 혼자 / 진지 드시"(「어머니」)던 세상의 모든 '모루-어머니'가 계시다. 뜻밖에도 이 '모루-이미지'가 시인에게 또 하나의 시적 좌표를 촉발시키며 자신의 문장을 좀 더 멀리 소진시킬 수 있게 만드는 동력으로 여전히 작용한다.

　　호박씨 심은 자리에 젖니처럼 떡잎이 나오너니 어린 잎가지가 기지개를 켠다. 솜털이 보송보송한 가지에서 고사리손 하나가 세상에 안부를 전한다.

갓난아기들처럼 손을 꽉 쥐고 있다. 태어난 순간부터 불안했을 것이다. 적막한 노지露地에서 어찌 살아내야 할지 나뭇가지라도 붙들고 싶어 여린 손들이 어둠 속을 휘저었을 것이다. 차가운 새벽엔 손이 시려 두 손을 털가슴에 묻을 수 있는 다람쥐가 부러웠을 것이다. 두더지가 무너진 땅굴을 파헤쳐 나오듯 맨손으로 허공의 절벽을 올라야 하는 얄궂은 본능. 어딘가 분명히 가야 할 길이 없으면 어딘가 후회하며 돌아갈 길도 없다. 모래같이 새어나가는 속울음을 맨손으로 쥐었을 것이다. 아무것도 잡을 것이 없다고 느끼는 순간, 바람의 등허리를 올라탔을 것이다. 아무것도 기댈 것이 없다고 생각하는 순간, 빗방울의 어깻죽지라도 짚었을 것이다. 땅거미같이 기어 다니다가 그리움의 촉수를 지팡이처럼 더듬으며 눈 뜬 맹인의 노래를 불렀을 것이다. 황톳길에서 피어오르는 흙먼지의 냄새, 어지럽게 흔들리는 코스모스의 향기, 곧 어두워지리라는 일몰의 긴 그림자들, 보이지 않아도 사랑하게 되는 것들에게 기대다가 아무것도 잡히지 않으면 서로의 고사리손을 붙잡았다. 한 치씩 돌담을 감아 오르며 아직도 가야 할 길이 멀다고 생각했다. 녹슨 시간처럼 쌓인 이끼 낀 돌들의 뼈마디를 디디며 아직 올라설 꿈이 높다고 생각했다. 시한부 생명이 아닌 것이 이 세상에 어디 있으랴. 가시에 찔린 생인손도 거두지 않고 젖 먹던 힘이 다할 때까지 오르고 또 올랐다. 초가지붕 위에

서 아득한 세상을 내려다본다. 한 집안의 어머니
같이 당당하게 앉아 있는 맷돌호박 속엔 대를 물
릴 씨앗이 여물어가고 다시 태어나도 하늘을 오르
리라는 운명, 황금빛 주름진 생의 선물을 옆에 두
고 아직도 덩굴손은 푸른 허공을 더듬고 있다.

—「호박손」 전문

　이 시에는 '모루'와도 같은 '어머니'의 강인하고
순결한 이미지가 강력한 주술처럼 덧칠되어 있는데,
어머니를 소재로 한 대부분의 시가 그러하듯, 시인
은 자신의 '어머니'를 개별적 존재에 국한시키지 않
고 좀 더 깊고 넓고 먼 존재로, 보편성을 띤 공동체
적 이미지로 고양시킨다. 이른바 인간으로서 가장
원초적이고 간절하며 그만큼 뜨거울 수밖에 없는
'모성'의 확장이다. 그러나 허문영 시인은 이 정서
를 자신의 삶에 녹여 독특한 호흡과 보법으로 만든
다. '어머니'는 '맷돌호박'이라는 또 하나의 이름으
로 다시 산출되는 것.
　호박씨를 심는다. 며칠이 지나자 호박씨에서 젖
니처럼 떡잎이 나오더니 내쳐 어린 잎가지가 기지
개를 켜기 시작한다. 여리고 순한 것들은 연둣빛을
내면서 세상에 스며드는 것일까. 그 생각이 끝나기
도 전에 고사리 손 하나가 솜털이 보송보송한 가지

에서 슬며시 손을 뻗는다. 허공이 조금씩 밀리며 이파리가 펴질 만큼의 공간을 만들어주는데, 제아무리 조막손일지라도 허공을 밀어내는 힘이 깃들어 있는 것이다. 하지만 어린 손들은 모두 주먹을 움켜쥐고 있다. 세상에 던져지고 어떤 방식으로든 살아야 하며, 숱한 굴곡과 문턱을 넘어야 한다는 그 불안이 태어나는 순간부터 엄습했기 때문일까. "적막한 노지露地에서 어찌 살아내야 할지 나뭇가지라도 붙들고 싶어 여린 손들이 어둠 속을 휘저었을 것"이기 때문일까. 어떤 이유에서건 호박씨는 땅에 뿌리를 내리고 허공에 잎과 줄기를 밀어냈으며 적막한 노지를 딛고 일어서며 생(生)을 이어가야 한다.

분명, 주먹을 폈을 때의 감촉은 세계가 한꺼번에 쏟아져 담기는 그런 강렬함과 충만함일 것이다. 그러나 그것도 잠시, "두더지가 무너진 땅굴을 파헤쳐 나오듯 맨손으로 허공의 절벽을 올라야 하는 얄궂은 본능" 때문에 어린 호박손은 "모래같이 새어나가는 속울음을 맨손으로 쥐었을 것이다. 아무것도 잡을 것이 없다고 느끼는 순간, 바람의 등허리를 올라탔을 것이다. 아무것도 기댈 것이 없다고 생각하는 순간, 빗방울의 어깻죽지라도 짚었을 것이다. 땅거미같이 기어 다니다가 그리움의 촉수를 지팡이처럼 더듬으며 눈 뜬 맹인의 노래를 불렀을 것이다."

그 울음의 깊이, 그 악력(握力)의 참혹함이 모두 어린 호박손에 새겨져 있다. 요컨대, 호박손이 자라고 깊어지고 두터워지는 만큼, 그의 내력에는 "황톳길에서 피어오르는 흙먼지의 냄새, 어지럽게 흔들리는 코스모스의 향기, 곧 어두워지리라는 일몰의 긴 그림자들, 보이지 않아도 사랑하게 되는 것들"이 패어 있을 뿐이다.

호박손은 "한 치씩 돌담을 감아 오르며 아직도 가야 할 길이 멀다고", 또한 "녹슨 시간처럼 쌓인 이끼 낀 돌들의 뼈마디를 디디며 아직 올라설 꿈이 높다고 생각"한다. "온몸이 악기가 된 채 미치도록 노래"(「미루나무 장례식장」)하는 매미처럼, "흰 새벽에 잠을 깨서 그냥 서럽게 울던 늦둥이 어린 딸"(「첫 시집」)과 같은 첫 시집처럼 현실을 딛고 일어서야 하는 길은 멀고도 험할 뿐이다. 그렇지만 가야 한다. 이 각오는 애초에 내게서 비롯된 것이므로, 나의 일은 아득한 높이만큼 올라가는 열매를 내어놓는 것이다. 호박손은 "가시에 찔린 생인손도 거두지 않고 젖 먹던 힘이 다할 때까지 오르고 또 올랐"으며 "초가지붕 위에서" 아득한 열매를 맺게 된다. "한 집안의 어머니같이 당당하게 앉아 있는 맷돌호박"이 여기에, 시인의 '곁'에 있다. "대를 물릴 씨앗이 여물어가고 다시 태어나도 하늘을 오르리라는 운명"을 손에 쥔 허문영 시인의 시 쓰기를 향한 지독한 결심과 인내와 의지가 호박씨를 심는 순간 동시에 벼락처럼 영글어 버린 것이다.

*

허문영 시인은 '모루'를 시 쓰기의 모태로 삼는다. 모루란 시뻘건 쇳덩이를 받치고도 대장장이의 억세고 거칠기만 한 망치질을 고스란히 받아야 하는 숙명을 가지는 바, '어머니'의 이미지를 축조하며, 동시에 '시'-쓰기의 본질을 대칭한다. 요컨대, 시 쓰기 자체가 죽음을 체험하는 일, 곧 파랑주의보가 내려진 난바다에서 "원고지를 찢어버리며 / 목숨의 방파제로 뛰쳐나"(「파랑주의보」)오는 일과 같으며, 그러한 까닭으로 '시'가 세상의 쓸모 있는 연장으로서 모양을 갖추도록 함께 견디고 살펴보며 울어야 한다. 바로 이 공간이 모루와 어머니, 그리고 시 쓰기가 서로 접히는 부분이다.

그런데 우리가 잊지 말아야 할 것은, 이 '모루'가 '어머니'나 '시 쓰기'에 맹렬하게 조응하며 허문영 시인만의 독특한 내력을 생성해내고 있다는 점이다. '모루'에서 '어머니'와 '시 쓰기'로 이어지는 지속은 개별자와 보편자의 동시성을 매개하며, '우주'와도 같은 까마득한 시공의 끝없는 펼쳐짐과 "내 마음속에 낡은 라디오"(「꿈-설계 상담일지」)를 정확히 이끌어낸다. "수 억 년 전 화석"과 "가을꽃 떨어지는 / 시월의 마지막 날"(「압화押花」)이 현재로 접속될 수 있고, '이른 새벽 총총한 작은 별'들과 '부룩에 뿌린 씨앗들'도 대등하게 빛날 수 있는 것이다(「밭에도 별이 뜬다」). 그리고 우리는 바로 이 지점에서 '옥수수 풍장'이라는, 죽음에 맞닿은 절정의 서정을 만나게 된다.

　　한 생애 싱그러웠던 몸
　　바람이 거세도
　　아직 허리는 부러지지 않았다
　　가끔은 뼈마디 아스러지는 소리에
　　놀라기도 하지만
　　옷깃을 여며보아도
　　말라가는 몸은 추수를 수 없다
　　한 두어 자루 열매만을 남기고
　　먼지 부스러기가 되어가는 몸이지만
　　겨우내 눈 부릅뜨고 서 있었다
　　자세히 보면
　　너 나 따로 없이 말라가는 것이다
　　스쳐 지나가는 사랑도

그렇게 부스러져가는 것이다
공동묘지 같은 묵밭에서
아름다운 시절이 말라 부스러져간다.

―「옥수수 풍장」 전문

한철, 뙤약볕을 견디며 싱그럽게 옥수수로 자랐던 몸이다. 수많은 알갱이를 영글게 하며 단단하고 서늘한 말들을 쏟아냈던 몸이다. 폭우가 내려도, 태풍이 몰아쳐도 대지를 움켜쥔 손으로 꿋꿋하게 버텼던 몸이다. 가끔 뼈마디가 아스러지는 소리에도 놀라지만 내 몸은 박물관에 전시된 유물이 아니다. 상징이나 은유와 같은 빗겨가는 말로는 절대로 형언할 수 없는 살과 뼈와 피의 맹렬한 실체다. 나는 '옥수수'이며, '시 쓰기' 자체이자 '나' 자신이다.

바람이 거세다. 하지만 나의 허리는 부러지지 않았다. 싱그러웠던 한 생애를 보냈지만, 나의 눈과 귀와 손과 발은, 그 감각의 세밀한 구체들은 변하지 않았다. 그러므로 나는 말라가면서도 결코 마르지 않는 계절이다. 몸을 추스를 수 없을 정도로 소진된 근육들이 사소하게 흩어진다. 햇볕은 시간이 갈수록 모호하고 나는 그 모호함의 곁을 지키고 있다. 한 사람의 일생이 자욱한 안개 속에서도 더욱 또렷해지는 시간이다. 내게 찾아온 사랑도, 당신의 뚜렷

한 발자국도, 입술과 온기도 나의 풍장처럼 부스러져갈 것이지만, 나는 단지, "겨우내 눈 부릅뜨고 서 있"을 뿐이다.

아름다운 시절을 살았다고 말할 수 있는 자는 누굴까. "이별하기 위해 / 만나는"(「작별상봉作別相逢」) 자들 또한 누구일까. "쓰레기통 옆에 나뒹구는 두 개의 북 / 오랫동안 장단을 맞추었을 사랑하던 사이인 것 같아 / 나도 모르게 트렁크에 싣고 말았지만 / 때가 되면 버려진 듯 / 그렇게 사라지는 것도 옳은 것이라고 / 매일같이 나의 한 복판腹板을 두드리는 / 그 분"(「귓속말」)은 누구였을까. 옥수수의 풍장을 물끄러미 지켜보는 사람은 또.

그러나 나의 먼지에 박힌 별빛들이 한꺼번에 쏟아지는 새벽이다. 모루와 같은 어머니들을 부르고 돌려세우기를 반복하는 시간이다. 한없이 투명한 울음을 뱉어내며 나의 풍장은 점점 더 선명해진다. "한 두어 자루 열매만을 남기고 / 먼지 부스러기"가 될 터이지만, 내 몸에 새겨진 세상의 이름들은 잊지 않는다. "자세히 보면 / 너 나 따로 없이 말라가는 것"인데, "공동묘지 같은 묵밭에서 / 아름다운 시절이 말라 부스러져" 가는 것인데. "새벽오줌을 누며 / 문득 거울을 보았더니 // 쉬, 쉬이…… 하시던 / 아버지가 서 계시"(「새벽오줌」)는 것인데.

*

　허문영 시인의 문장은 놀랍도록 단단하다. "너 나 따로 없이 말라가는" 삶에서 허문영 시인은 생(生)의 오롯한 결을 매만지며 그 속에 새겨진 잔잔함의 너울을 살핀다. 청량산에서 내가 기울어졌던 것처럼, 그의 문장은 '다가오게 하는 힘'이 있다. 사로잡히게 만드는 구절 또한 별 밭처럼 많다. "그리움이나 파던 헌 삽자루"(「제주 오름에서」)가 우리의 곁에 다소곳하니 마당에 수북이 쌓인 별을 우리가 먼저 공양해야 할 때가 아닌가.

별을 삽질하다

1판 1쇄 인쇄   2019년 10월 20일
1판 1쇄 발행   2019년 10월 30일

지은이   허문영
발행인   윤미소
발행처   (주)달아실출판사

책임편집   박제영
디자인   안수연
마케팅   배상휘

주소   강원도 춘천시 춘천로 17번길 37, 1층
전화   033-241-7661
팩스   033-241-7662
이메일   dalasilmoongo@naver.com
출판등록   2016년 12월 30일 제494호

ISBN 979-11-88710-48-5   03810

* 이 도서의 국립중앙도서관 출판예정도서목록(CIP)은 서지정보유통지원시
  스템 홈페이지(http://seoji.nl.go.kr)와 국가자료공동목록시스템(http://www.
  nl.go.kr/kolisnet)에서 이용하실 수 있습니다.(CIP제어번호 : CIP2019035383)
* 잘못된 책은 구입한 곳에서 바꿔드립니다.
* 책값은 뒤표지에 표시되어 있습니다.

이 책은 강원도, 강원문화재단 후원으로 제작되었습니다.